# 真昼の夢・青いネモフィラ

髙科 幸子
Yukiko Takashina

文芸社

目次

# 真昼の夢・青いネモフィラ

夢と、現実の境目は、いったいどこにあるのだろうか。

今、ここにこうしている、朝、昼、晩。

この、いつものことが夢で、あの、不思議なことの起こる、今まで習ったことのすべてが、役に立たない世界——夢、だと思っている、それが実は現実なのではないかしら。


それとも、それは実は細い糸のようなもので、グラデーションになっているのだろうか。

色が変化していくところから、だんだん現実のこの世界になっていくのだけれど、でも、もともとは繋がっているのだから、夢も現実も一つで同じもの。

夢で眠ると、現実の世界になり、こちらの世界で眠ると、夢の中で目覚める。

つまり、もともと一本の糸のようなもので、境目なんてないのかもしれない。

ずいぶん前のこと。

ずっと前から欲しかった本を、古書店で見つけた夢を見たことがある。

それは、森の奥にあるお城の物語だった。

天界の住人と、お城の姫、そのまわりの人々と、魔のものたちが織りなす、文も絵も美しい素敵な本だった。

表紙の中心にあるのは、石の古城。窓のように城を囲んでいるアラベスクふうのツタ模様。

新しいのだけれど古書のような、不思議な雰囲気の本だった。

まだ幼かった自分には、手に入れるすべはなく、

『いつか、大人になったら、必ず買うのだ』

と、思っていた。

それが目の前に現れ、手に取り、持ったとき、うれしくて、うれしくて、

「ああ、ようやく見つけたのだ」

と、目を輝かせながら、中を開いた。そして、大きめの本の中に、身体ごと惹きこまれそうになりながら、うっとりと見ていた。

でも、そのとき、まわりの景色が、波紋のように揺らぎ、夢から覚めそうになった。

やはり夢だったのかと、しゅんとしながら、

「嫌だ！　どうしてもこの本を、現実の世界に持っていくのだ！」

と、本をぎゅっと抱きしめ、そのまま夢と現実の境目を通過しようとした。

絶対に持っていけると信じながら……。

けれど、目が覚めたとき、手には何も持っていなかった。

ただ、腕をぎゅっと握りしめていただけだった。

ぼう然とし、落胆した。

『また、だめだった』

また、あるとき。

わたしは夢と現実の境目を突き止めたくて、夜、まんじりともせず、待っていた。

眠りに落ちるその瞬間、いったい何が起きるのか。どう、夢の世界に入っていくのか。それはどういうものなのか。

きっと何か不思議なことが起こるはずだ。

それを、知りたかった。

夜、布団の中で仰向けに寝て、天井を見つめていた。


『まだかな、まだかな?』

いつもなら、とうに眠りに入っていく時間帯だ。

ゆっくりと時が過ぎていく中を、わたしは、ただひたすらに待っていた。

夢の訪れるそのときを。現実との境目を抜ける、その瞬間を。


夜も更け、あたりは真っ暗闇。

もう、誰もかれも、眠っていることだろう。

夜行性の動物や、夜開く花、星、月、流れる雲、夜起きていなければならない人たち以外は。

『明日、辛いかもしれないなあ。もう、実験はやめて、普通に寝ようかしら』

と思った。

けれど、今度は頭が冴えてしまい、眠れなくなっていることに気がついた。

『ああ、やだなあ、どうしよう』

夜も更けてきて、シンシンと空気の流れる音がする。

『じっとしていれば、少しは眠れるかもしれない』

と、まっすぐに上を向き、動かないでいた。
チックタック、チックタック、チックタック。
時計の音が気になる。
ヒュゥーー。
外では風も出てきた。
バサッ。
何か落ちる音がする。
草がさらさらと鳴っている。

『ああ、眠れない』

部屋の中は、夜の海の底みたいな藍色になった。
湖の一番奥深くまで沈み、トン、と、つま先で底を蹴る。
水面に向かって上がっていくとき、少しずつ明るくなり、まわりが見えてくる
――そのときの色みたいに、今度はだんだん、部屋の中が薄まった青色になって
いった。
明け方に向かっているのだ。
『今日は一睡もできない日なのかしら。たまに、こういう日があるもの。昔から
そうだった』
と諦めかけていた。
そのときだった。

ポンッ！

と、薄暗い部屋の右下の方に、紙の風船がはぜるような音がして、何かが現れた。

見ると、

「胡椒！」

瓶入りの、食卓で使う、あの胡椒。しかもそれの大型で、直径一メートルくらいもあろうものがパッと出てきて、すーっと上に移動し、天井近くまで行ったかと思うと、少し傾いて、蓋が、パカッと開いた。

パッ、パッ、パッ。

二振り三振り、ふりかかった。

と、同時にわたしは、すぅぅっと眠りに入っていった。

入りながらわたしは、

『ああ、そうか。境目は胡椒だったのね』

ということがわかり、納得し、ほっと眠りについたのだった。


あのときは、眠りの境目は胡椒だと思ったのだ。

でも、やはり違うみたいだ。

だって、今、列車に乗りながら、こんなふうに眠たくなってきたもの。

ここには、胡椒もないのに。

だからやはり、境目を通るのには、きっと何か別の理由とか、きっかけがあるはずだ。

そう思いながら、わたしはうとうととしていた。

薄れる意識の中で、数人の乗客と運転士の後ろ姿を見たような気がした。外からの、明るくおだやかな陽ざしを浴びながら。

春手前、各駅列車の、ここちよい揺れの中でのことだった。

コトン…コトン…コトン…。


緩やかな列車の揺れに身をまかせながら、夢でもなく、うつつでもなく、ここちよくけだるい中を漂っていると、

「次は～○○駅～、次は～○○駅～」

と、どこからともなくアナウンスの声が聞こえてきて、目が覚めた。

なんだか聞いたことのない駅名だったような気がする。

『乗り過ごしたのかしら？』

窓の外を、キョロキョロ見渡し、駅の名前を探した。

どこにも書いていない。

へんだなあ。

外からの光が全体に蒼いように思える。

「ここ、どこ?」

外を見ると、一面に青い花が咲いている。
石を置いただけの停車場に、一両の列車は停まったのだった。
いつもの、帰る路線の延長線上ではない。どこか別の変わった場所に来たみたいだ。
見たことのない景色だった。
明るい光、青い空気、ひんやりとする風が、開けた窓から入ってくる。
いつの間にか、列車の中はわたし一人だけになっていた。
みんな、もうどこか、途中で降りて行ったみたいだ。その気配はなかったけれど。

いや、うとうととしていたので、よくわからなかったのかもしれない。
列車を間違えたのかしら。
でも確かに、行き先は確かめたはず、と思うのだけれど。

それにしても、
「きれいだなあ」

わたしは、自分の今までいた土地とは全く異なる美しいその風景に、魅入られていた。
『たまには、こういうこともあるのだ』
青い花は、石の駅のすぐ傍まで咲いていていた。
列車の、古くささくれだった木でできた枠の窓を、ガタガタいわせながら、両手で開いた。

頭を窓から出し、身体を乗り出し、手を伸ばして青い花に触れようとするが、あと少しのところで届かない。

木の窓枠のところに手を戻して、花を見る。


青い花は、ネモフィラだった。

涼しいその色が、風に緩やかに揺れ、とても美しかった。

青く一面に咲いている花と、同じ色の空。

ネモフィラ色に空が染まったのか。それとも、空の色に花の方が染まったのか。

少し寒いような澄んだ空気に、心がシンと静まりかえる。

青く、深く、どこまでも涼しいその色に、わたしまで染まりそうだ。


あたりには、人のいる気配がない。

見上げると、空には、電線がない。

遮るものが何もなく、どこまでも青い空色が続いている。

どうやら、どこかの丘の上に来たみたいだ。

窓から列車の先を見てみる。

線路は、ここで行き止まり。先がプツンと途切れている。

切れた先は、雑草の中だ。

車両の後部も見てみた。

走ってきたはずの線路も、なぜか雑草に埋もれている。まるで、ずいぶんと長い間、列車が通っていなかったみたいだ。

一緒に乗ってきたはずの、何人かの乗客のことも考えてみた。

でも、陽炎のように、ぼんやりとしか思い出せない。

運転士もいたはずなのだけど、いなくなっている。座席は、葉が落ちていて、うっすらとほこりをかぶっている。

もしかしたら、全部が幻だったのかしら。

わたしが、列車に乗ってここに来たことも。

最初から一人でここに座っていたのかしら、とも思えた。

ネモフィラの美しさに、やっぱり、たまにはそういうこともあるのかもしれない、という気がしてきた。


外の青さに惹かれ、心が、もうそちらの方に向かっている。

早く出てみたくて、仕方がなかった。

わたしは、木でできた垂直の椅子を立ち、手で椅子の木の部分に触れながら歩いた。


『レトロな列車、なんだか懐かしい。わたしの乗ってきた駅に、こんな列車、あったのだったかしら？　でもまあ、これに乗ってきたのだもの、あったのよね、きっと』

と思いながら、古く細い木をはめ込んである通路を歩いた。

歩くたび、ギシ、ギシ、と鳴った。

出口の前に立ち、手動の木のドアに手をかけ、開けると、風がザーッと吹いてきた。わたしを包みこみながら、ふわりと回って、吹き抜けていった。

やわらかな花と草に埋もれかけた、石の駅に、降り立った。


そして、草の中へ、一歩、足を踏み入れる。


さらさらさらと音を立て、風が草を渡る。

まるで海の波のように、葉が波打っている。

足元に伝わる、青くみずみずしい、しっとりとした花と草の感触がここちよい。

青いネモフィラは、どこまでも続いている。

数歩、歩いたところで、ふと気になり、振り返り、電車を見る。

すると、それは、何年も前からそこに放置してあったような、古い廃車のようになっていて、つい今しがた降りたときよりも、もっとずっと時間が経っているように思えた。

座席には葉がたくさん落ちていて、木の枝が丸く積んであり、鳥の巣みたいなものもある。

小さな動物たちの住処になっているみたいだった。

列車の上にも、葉や枝がたくさん乗っていた。

ところどころ剥げていて、壊れたドア。

窓は全部、開けてあり、風が通り抜けていた。

石の駅の一部が、ゴロンと転げ落ちた。

先ほどとは違う、もうずっと時が経ったみたいな、その様子。

変化したはずなのに、まるで最初から、そこに、そうあったかのように、それは、とても自然な普通のことのように思えた。

もとの方向に向き直り、ネモフィラの園を見ると、細い道のようなものがあるので、わたしは、そちらの方へ歩いて行くことにした。


道は、細く長く続いている。

ともすれば、花や草に埋もれそうになりながら。

どこまでも。

どこまでも。

さらさらと、風で揺れる青い花の道を、わたしは一人で歩いていく。

もしかしたら、このままずっと行くと、あの、空との境目があるのか、そうでないのか、よくわからない。

道が天の空まで続いているのではないかしら、と思えるような白く細い道。

ときどき、カサッと音がするのは、小さな生き物でもいるのだろうか。

よく見ると、花から花へと、白地にピンクの頬紅をさしたような蝶が飛んでいる。

ひらひらと肩のすぐ横を通り過ぎた。

それを目で追いながら、ふと下を見ると、ネモフィラに、花と同じ色の蝶がとまっていた。

手を、そちらに伸ばそうとすると、すぅっと上がり、舞いながら近くまでやってきた。

人が怖くないみたいだ。

少し手の上にとまりそうになったけれど、たぶん花ではないとわかったためか、そのまま、するりと抜けて、ひらひらと飛んでいった。

もしかして、この花びらから生まれたのではないかしら?

そう思えるくらいに、蝶と花はそっくりだった。
五線譜に書かれた音符のように、蝶は、横へひらひらと飛んでいる。
目に見えない道が空中にあるのだ、きっと。
「きれいだなあ」
と見惚れながら、また歩いた。
空も丘も、青一色の景色だ。
そこを、どこまでも進んでいった。
吹く風が、草をさらさらと鳴らしながら、通っていく。
まるで、竪琴のように。

しばらく行くと、向こうの方の、少し小高くなったところに建物らしきものの先端が、白く見えてきた。
こんなところに、人が住んでいるのかしら？

不思議な気がして、わたしは歩いていった。

やがて、建物と思えたものの、近くまでやってきた。壊れかけた石の塀がところどころにあり、その奥の方に、白い石を積み上げただけの家のような形のものが、いくつか建っていた。

けれど、人の気配がしない。

石の塀を通り過ぎ、少し歩いて集落らしきところに入っていった。

家々の真ん中あたりに、丸く組んだ石の井戸があった。

手をついて中をのぞくと、深い底に、透き通った水がかすかに見えた。

風の通る音がする。

井戸の手前にある小石を一つ拾って、落としてみると、ヒューッとしばらくして落ち、チャプン、と水面に届いた。

きれいな波紋が見えるようだ。

きっと、この水は澄んでいて、冷たく、おいしく、のどを潤すのだろう。

ふと見上げると、空は、どこまでも透き通るような青で、ところどころに白い雲が浮かんでいた。

その美しさに見惚れていると、サーッと風が吹いてきたので、髪に手をやり、ふっと、あたりに目を移した。

すると、いつの間にか人がいて、あちらこちらから現れてくる。

人の気配がしないと思ったのだけれど、どうも住んでいるらしい。

石で組んだ家らしいもののあたりから、出てくる。

彼らはみんな、白く長い、麻か綿の衣を身にまとっていた。

男の人は、青く染めた草で編んだ、繊細な飾り模様のものを腕につけていた。

女の人たちの髪には、ネモフィラが飾られていて、それが、長い髪と静かな瞳に、とてもよく似合っていた。

足には、草で編んだレースのようなものをはいていた。

わたしが、どう挨拶をすればよいのか——、勝手に入ってきてしまって、ごめ

んなさい、という気持ちで、どうしようかと迷いながら、

「あの…」

と、戸惑いがちに言うと、中の一人が前に歩み出て、微笑みかけてくれた。

親しげなその微笑みに、何と答えればよいのかしらと、言葉を探していると、

「ああ、覚えていないのだね。君は、ここの出なのだよ」


その人がそう言った。

そのとき、雲の中から光がまっすぐに差してきて、彼の背中にあたった。

すると、キラキラと光り、羽のようなシルエットが一瞬見えた。

透き通るくらい薄くて、ハッキリとは見ることができないのだけれど、光にあたると、それがキラッと光り、虹のように薄く淡い羽が感じ取れる。

わたしのことを、ここの出だと言うけれど、わたしには羽がない。

『そうだったのかもしれないけれど、よくわからない』

そう思っていると、

「そう、まだ、君にはよくわからない。羽も見えないいんだね。けれどじきに、わかるようになる。君は我々を見たから。そして、羽を、我々を知ったから。やがて意識がそちらの方に向かうのだ。そうすると、見えるようになる」


彼らは、優しく迎え入れてくれた。

わたしは、しばらくそこに留まることにした。


その丘は、夜になっても、暗闇になることはなかった。

空が薄い藍色に変わり、星がキラキラと光るときがあったので、たぶんそれが夜なのかしらと思った。

星がいくつもいくつも流れた。

夜の間中、ずっと空を見上げていた。少しずつ西の空から明るくなっていく。

足元の草に、星くずが、光の粉のようにキラキラと輝いていた。

あまり美しいので、触れずにそのままにしておいた。

するとそれは、しばらく瞬いていたけど、朝になる前に消えていった。

流れ星が落ちて、草にかかり、それがまた夜明けとともに、夜露が蒸発するみたいに天に上っていったのだろうか。


昼間でも、たいていいつも薄く太陽が出ていて、そのすぐそばに星も見えた。

この場所は、昼と夜の間にあるのかもしれない。

朝でもなく、夜でもなく、あるいは、そのどちらともいえるのかもしれない。

そこは、時間がゆっくりと流れているみたいだった。

彼らには生活感がなかった。
知らない間に現れて、知らない間にいなくなっている。
一緒に話していて、ふと顔を見ると、ずっと遠くを見つめている。
触れると消えてしまいそうな、その様子。
心がどこかに行っているみたいだ。

「君も同じだよ」

そう彼らは言う。

石の井戸に木でできた桶を持って、水を汲みにいく。滑車に桶をかけ、深く、深くたらしていく。水に届いたところで桶に汲み、今度は紐を手元までたぐり上げる。

透明度がとても高い、澄んだ水だ。

こんなきれいな水は見たことがない。

飲んでみると、それはとても冷たくておいしく、渇いたのどを潤した。

「この井戸はね、ずっとここにあるのだよ」

こんこんと湧き出る命の水。それは枯れることはない。

井戸のそばには何本も木があり、そのどれもに、見たこともないフルーツが生《な》っている。甘くおいしそうな香り。

それをもいで食べる。

食べたことのない味だ。

とてもおいしい。

あるとき、

「今日は少し歩いてみよう」

と、みんながまだ出てこないうちに、わたしは一人で散策することにした。

たいてい、いつも誰かが現れて、ついてきてくれたり、いろいろ教えてくれるのだけれど、なぜかよくわからないことばかり。

どれもこれも初めて聞く、体験する、そういうことばかりだった。

今まで知ってきたことは、ここでは何の役にも立たなかった。

教えてもらえるのもうれしいけれど、でも、自分でもわかっていきたいと思った。

もっといろいろなことを知りたい。

だから、今日は、一人で出かけてみようと思ったのだった。

今いるところは、丘の上の方の集落のようだ。

ここみたいな丘が、他にいくつもあり、そのそれぞれに集落があって、それがどこまでも続いている。

ここの丘は、他のところよりも少し高い位置にある。

そんな感じだ。

ふもとの方には人がいるようだ。

羽のない人たち。

でも、もっとよく見ようとすると、青いネモフィラが覆っていて、ここからではよく見えない。

それに、普段は霧のようなもやが、下の方に雲のようにかかっているので、本当にそこにあるのか、そうでないのか——もしかすると幻影なのではないか——そんなふうに思えるのだった。

ときどき、晴れることがあり、そうすると、家らしきものがかすかに見える。

そんなに高くない丘のはずなのに、なぜかずっと遠くに、ふもとの村があるみたいに感じる。

でも、それはごく普通の自然のことのように思えた。

思っているよりも、ここは高く、ふもとからは遠いのだ。

いろいろ考えながら歩いた。

風が吹くと、青い色がやわらかく震えるように揺れ、足元にまとわりつき、わたしに話しかけているみたいだった。

美しいネモフィラ。初めて見たはずなのに、どこか懐かしい。

咲き乱れる中にいると、同化して、こちらまで青く染まりそうだ。


その日、少し丘を下りてみることにした。

集落の中心にある、丸い石の井戸の横を通り、集落を出て、石の塀の間をすり抜け、外へ出た。

一面のネモフィラの中に入って行く。

そのまま細い道を歩きながら、ふと自分の背中の方を見た。

『なかなか羽が見えないなあ。わたしのは、どんな羽なのかしら』
そう思いながら進み、しばらく行くと、細い繊細な木々に囲まれたところに出た。
風で、揺れるくらいに細く美しい枝だ。
ときどき銀の蜘蛛の糸がついている。
それを手で優しくよけながら進んでいくと、空間がぽっかりと開けた。
大きな湖のほとりに出た。
湖の縁には桜がずっと連なって咲いていた。薄紅色で白に近いものもある。
『こんなところがあったなんて』
桜の花びらが風に舞っている。
舞い落ちる先の湖には、一面に、蓮が咲いていた。
薄紅色をしている。

水は透明度がとても高いが、深すぎて、底はよく見えない。

霧が、水面をゆっくりと流れている。

美しい錦絵のようだ。

湖の向こう側は、もやに煙っていて、よくわからない。

けれど霧の切れ間からときどき美しい木の枝や、見たこともない花が揺れているのが見え、とても素敵だ。

わたしは、あちら側に渡ってみたいと思った。

この広い湖の向こうへ。どうやっていこうかとは、考えなかった。


だって、どうすればよいのか、わかっていたから。


静かな、鏡のような水の上に、足のつま先をそっと乗せた。

すると、つま先で触れたところから波紋が広がる。

もう片方の足も乗せた。

そのまま、湖面に下り立つことができた。

そっと、気をつけて歩けば、こんなふうにできるのだ——ということがわかり、うれしくて、にっこりした。

それはとても自然なことだった。


こうだと決められていて守っていることも、本当にそうしなければいけないことは、実は、とても少ないのかもしれない。

それは、実はそんなにたいしたことではなくて、自分がこうしたいと思ったことが、一番大切なことなのだ。

心のままにすればよいのだ。

そうすると、こんなふうに水面に立つこともできる。

顔を上げると、木の間からところどころに、いつの間にかふもとの人たちがいるのが見えた。不思議そうに、不安げに、こちらを見ていた。

何か危なそうな人がいるとか、あるいは、あんなことしてはいけないのに、などと考えているのかもしれない。

いいえ、そうではないみたいだ。

顔は確かにこちらを向いているのだけれど、わたしを見ているというより、空中を見ているみたいだ。

本来ならば、湖の上に人が下り立つはずがない。だから見えない、見ようとしない、見ることもできない——のかもしれない。

光を透かして見ると、中には薄羽を持っている人もいる。一人、二人。とても少ないけれど。

でも、彼らは、自分では気がついていないようだった。

それに気がつけば、そのことがわかれば、こんなふうにできるのだけれど。

水面に下り立ったりすることは、とても素敵なのにな。


少し風が吹いてきたので、バランスを崩しかけた。

ふわりと身体を立て直し、そのまま、くるくると舞いながら、薄く霧の流れる中を、湖の向こう側に向かい、渡っていく。

つま先が水面に触れるたびに波紋ができる。

その波紋に、蓮の花がくるくると渦になった。

『向こう側に渡ってみたい』

そのまま進んでいく。

渡りながら、思っていたよりも、ずっと湖が広いことに気がついた。

舞いながら、まわりの桜の木がとても美しく、それを上から見てみたいと思った。


少し足先で、トン、と軽く湖面を蹴った。

するとやわらかな服の布がふわりと開いて、身体が浮き、上っていった。

舞っているとき、服がひらひらと花が咲くみたいに、ほどけるみたいに揺れて、まるで羽衣のようだった。それが広がり、薄い羽になった。

ああ、自分にも羽があるのだ。

わたしの羽は、ネモフィラと同じ、青い色をしていた。

それは、薄く、薄く、透き通る寸前の透明な青で、空や花の中に溶け込んでしまいそうなくらいだった。

と、そのとき、

『見つけたね』

と、声が聞こえた。

耳に聞こえたのではない。心の中に響いてきたのだ。

『先ほど、羽のない人たちが湖のところにいたけれど、あの人たちも住んでいるの？』

心で問うと、

『彼らは普段、ふもとにいるんだ。私たちのことは見えないんだよ。見ようとしないからね。この丘のことも知らない。彼らにとって、ここは別の空間なのだ。

本当は、すぐそばにあるのだけれど気がつかない。気づこうとしないんだ。だから、あっても、ないのと同じなのさ。

でもときどき、波長が合ったり、心の敏感な人がいて、そういう人は感じ取ることができるんだ。

それに、ここの生まれ——君みたいなね、もう忘れてしまっているようだけれど——そういう人が何かの拍子に、彼らの中に紛れ込んでいてね。その人たちが、ここに迷い込んだり、そういうことも、ごくたまにあってね。

でもたいていは、はっきりとは見えていない。ここに辿り着く者は滅多にいないのだよ。

君は、久しぶりの人だ。うれしいよ。

本当はね、ここへの入り口はね、いつもそばにあるのだよ。わたしたちは待っているんだよ。ここに帰ってくるのをね。わたしたちの一族は、世界中にいるのだよ。少数ではあるのだけれど』

『何人もいるのね』

ふっと心が軽くなり、もっと高く舞い上がることができると思った。

一番美しく見える場所から桜と蓮の湖面全体を見たいと思った。

もっと広くも、見たいと思った。

『自由にすればよいのだ。誰でもみんなが、軽く、軽くなればよいのだ。今まで忘れていても、思い出せば心が開かれ、こんなふうに飛べるのだし、別のものが見える。羽が生えているって素敵なことだ。なかったとしても、それもまたいい』

わたしは、上へ、上へと舞いながら、

『夢と現実は、やはり繋がっていて、今までと全く違う世界へも、すっと入っていくことができるのだ』

と、思った。

心はもっと軽くなり、そのまま上に上がっていった。

その世界は、青く美しく、どこまでも続いていた。

# 夢の人

わたしは、古い大きな屋敷《やしき》に住んでいました。

雨漏りはするし、ヤモリの守り神がいる家です。

太い大黒柱、古い柱時計、きしむ階段の音。

中庭に面したガラス戸は、水飴のようにとろりとしていて、それを通り、入ってくる光は、部屋の中をセピア色に染めました。

わたしは、そこから見る庭の景色が好きでした。

何年も経っている古い松の木は、天まで繋がるのではないかしらと思えるくらいに（実際、数年先には届きそうなのだけれど）、ぐんぐん伸びて、時季になると松ぼっくりをぽっとり落とします。

それは小さな芽を出し、また、年月を経て、大きな木になるのでしょう。

繰り返し、繰り返し、命を受け継いでいく。

その横にある植物は、春、何本もの細い枝の先に、小さな薄黄緑の花を一斉に咲かせます。
それは、小さな鈴のようで、風が吹くと震えるさまは、とてもかわいらしいです。
夏手前、真っ白く大ぶりな花を咲かせる木蓮は、夜の灯りのようです。
秋は柿の木に野鳥がやってきて、実をついばんだり、休んだり。
冬、雪の中から現れる、燃えるような真紅の椿。
どの季節も美しく、いつも眺めているのでした。

その大きな家には、誰も使っていない部屋がいくつもありました。戸の隙間からそっと中を覗くと、部屋の窓からは、細く薄い光の筋が何本も差し込んでいて、その中を、ちりのような光の粉のような細かいものが、ゆっくりと漂いながら流れています。
音のない部屋の中は、まるで時が止まっているよう。

雨の降る日には、雨の音や水の流れる感じが家の中まで伝わってきて、目を閉じると、まるで水の中に立っているみたい、と思えるくらいでした。

自然と一体となった、古く大きな家でした。

わたしは、昔の書物を、奥の部屋にある棚から出してきて、薄く覆っているほこりをふぅっと払います。そして現れた、静かな美しい色あいの表紙絵を、色鉛筆で写し取ったり、不思議な物語を読みふけったりしました。

またあるときは、屋根裏で見つけた古文書のような用紙の解読を試みたり、庭に降る雨や雪や霧を眺めながら物語を組み立てて遊んだりしたのです。

わたしは、そんなふうに過ごしていました。

雨の日も、風の日も、晴れていても、曇りのときも、窓から入る光の色は、どれも美しく、いつも眺めているのでした。

古い柱時計のネジを巻き、使わない部屋の中の光の色を見て、ときどきそれを絵に写し取ります。

ふと見上げると、セピア色の古いガラス窓。

細く長い木の廊下に差す光。

ゆっくりと時間が流れていきます。

そして、

その家には、ときどき顔を合わせるもう一人の人がいました。

若い女の人でした。

細く白い顔、肩より少し下くらいまでの髪、静かな眼差しの黒目がちの瞳。

たまに会うその人は、窓の近くに立ち、遠くを見つめていることがありました。

話しかけようと近くに行くと、もう、いなくなっていて、今度会えるのはいつなのかしらと、そんなとき、いつも思うのでした。

一人で過ごしているときはなんともないのに、その人に会っていて、ふっといなくなると、なんだかとても寂しい気がするのでした。


彼女には一人、三歳くらいの男の子がおられるみたいでした。

彼女と同じ、黒く大きな瞳。

その子は、いつも何かに心をとらわれています。空を眺め、流れる雲を追いかけ、花を見つめ、草の中に実のような小さな玉を見つけ、それを集めて、紙の箱に入れ、大切にとっておきます。

自分のまわりの空間の中に、他の者には見えない何かを見たり、耳をすませ、風の中に誰にも聞こえない音を聞いたり、木や土に宿る不思議なものたちと語り合ったり、虫や花や小さな生き物たちと遊びます。自然は彼に優しく語りかけ、彼もそれにそっと答えます。

そんな男の子のようでした。

でも、わたしは、その子に、まだ一度も会ったことがありませんでした。

あるとき、庭に降る霧のような雨に、きれいだなあと見惚れていて、ふと振り向くと、白い細身の女の人が立っていました。

最初、『あの人だ』と、思ったのですが、すぐに違うということがわかりました。

黒い瞳、あの人よりも少し短い、肩くらいまでの髪。

それは、部屋の奥の姿見に映った自分自身でした。

霧の日には、家の中まで薄いもやが流れてきて、山の上の方にいるときみたいに、すべてのものがストップして、あたりは無音になります。

そんなとき、まるで、時間が止まっているようだと思いました。

この霧を追いかけていくと、部屋の中にいても、気がつくと、迷い、帰ってこられなくなりそうでした。

草や木や生き物たちがじっと、もやの通り過ぎるのを待っています。

ふと見ると、少し離れたところで、彼女もその様子を眺めていました。

薄いもやが、彼女をそっと包みます。

その静かな様子は、風景の一部のようで、とてもよく似合っていました。

ときどき、彼女のことを目で探すこともあるのですが、そんなときには、決して見つけることはできません。

「どこかに行かれたのかしら」

そう、諦めます。

わたしが何か別のことに心をとらわれていたり、心が無防備になっていたり
——そんなときに、ふっと現れるのでした。
そんなとき、とてもうれしく思います。

彼女はいつも、一人でいました。

そして、ときどき、わたしと話をしました。

ぽつんぽつんと静かな声で。

そして、ふと遠くを見て、黙りこみます。

わたしも心の中で物語を考えます。

一緒にいるときに、別々のことをしていても、ただそこにいるだけで、なんとなく暖かなうれしい気持ちになるのです。

そんなひととときがとても好きでした。

彼女は、子どもをどこかに遊びに連れていきたがっているみたいでした。

でも、相手の方（ご主人）は、自分のことで忙しい人のようで、あまりそれをしてあげない人みたいでした。

だからといって、別にどうということもなく、ただ自分で、子どもを連れていってあげたいみたいでした。


わたしは、なんとなく彼女と一緒に暮らしているみたいでした。


わたしが部屋の中からふと横を見ると、庭に面した廊下を通る、彼女の後ろ姿がありました。

髪がさらりと揺れ、光にあたったとき、毛先が少し透き通っています。

それがとても美しく、きれいだなあと見とれながら、

『ああ、今日はあの人もいるのだな』

そんなふうに思い、うれしい気持ちになるのでした。

庭を通る静かな風は、繊細な木の葉を揺らし、さらさらと音を立てます。小さく白い花をつけた草が鈴のように鳴ります。

ふと立ち止まり、その様子を見る彼女。

わたしも一緒に見つめていました。


姿が見える、ただそれだけで、言葉をかわさなくても暖かく優しい気持ちになれるその心。

一人遊びばかりしていたわたしには、それは、うれしく新しい発見でした。

こういう気持ちもよいものだ、と感じました。


あるとき、彼女は奥の畳の部屋に置いてある小さな台の上に、旅の本を載せて見ていました。

目が楽しそうでした。

口元がほころんでいました。

心が遠くに行っているみたいでした。

わたしは、その様子を見て、部屋にすっと入っていき、すぐ横にある壁に手をあてました。


すると、今まで古く色あせてセピア色だった部屋の壁に、青や紅の色が、まるで色インクを水に落としたときのように現れて、黄、紫、その他いろいろな色がみるみる広がっていき、本の中にあるような景色になりました。

それはどんどん大きくなっていき、こんもりと生い茂った森になりました。

白い鳥が枝から飛ぶのが見えます。

チチチ…と鳴きながら。

カサッ、小さな動物が動く音がします。

木の葉の影や、洞で眠っている動物も見えます。

細いツタがからまり、黄色の小さな花が咲いています。

物語の一シーンのように美しい、その様子に、

「ほら、ここから入っていけるよ」

と、わたしは、彼女の方を振り向いて言いました。

すると、少し手が離れたと同時にすうっと森は消え、また、もとのセピア色の壁になりました。


「あ！　いけない」

急に部屋の中が、またもとの静けさに戻り、沈んでしまいました。

もう一度手をあてました。

すると今度は別の場所が現れました。

海です。

青い空、打ち寄せる波。白い鳥が大きく翼を広げて風に乗り、舞うように飛んでいました。

吹く風が海をさわりながら、ひんやりとした空気をこちらにまで運んできます。

鳥が空で鳴いています。

白い雲が風に流れていきます。

薄く月が浮かんでいます。

上は、どんなにここちよいことでしょう。

遥かかなた、地と空の境目。いったい、どこからが空で、どこまでが海なのか。

風が吹いてくるとともに潮のにおいを運んできます。

寄せては返す波の白い泡。

どこまでも続く真っ白な浜。

蟹やヤドカリが、カサカサと、ときおり動きます。

「きれいだなあ」

と、気持ちよく二人で見ていると、大きな波が押し寄せてきて、こちらの方に、ざぶーんとはみ出してきました。

「あぶない！」

わたしはあわてて手で押さえ、

「ストップ！」

と、言いました。

すると、波はまた、もとのテレビの映像のようになり、はみ出さなくなりました。

ほっとして手をはなすと、映像はすうっと消えてしまいました。

さらに手をあてると、今度は山の上の方の景色が現れました。

高いところに植物が一面に咲いています。

見たこともない白く美しい花です。

それが、高原の風に揺れ、こちらの方にまで香りが運ばれてきます。

小さな鳥がいて、蜜をついばんでいます。

頭が鮮やかな黄緑色で、まんまるな黒い眼、頬の下が水色、くちばしの下が赤、ところどころ、ぽっとピンクに染まっています。

それがキョトンとした顔で、こちらを見ました。

土の穴から生き物がのぞいています。

空と同じ色の、鮮やかなブルーと紺の羽の鳥もいます。


「かわいいなあ」

彼女を見ると、微笑んでいるので、わたしもうれしい気持ちになりました。

異国の地の砂漠。オアシス。不思議な形の家々。古代の石の砦。
ヴェールのようなオーロラ。太陽の光の輪。
見たこともない自然現象。
知らない土地の海辺の町。
誰もいない草原。

そうやって、いろいろな景色を映し出し、彼女に見せていました。

『どこか行きたくなるような、素敵な場所が現れればよいのだけれど』

わたしは、彼女に何かしてあげたかったのです。
静かに話すのだけれど、ときどき優しく微笑んだりして、ずっと遠くを見る
——彼女のそのしぐさに心を惹かれました。

『なんとか力になってあげたい』

そんなふうに考えながら彼女を見ると、壁をじっと見つめていました。

わたしが映し出す景色を待っているみたいでした。

もっともっと美しい場所を出そうと考えていると、まわりの色や景色が、薄く、薄くなっていきました。

少しめまいがしたときみたいに、ぐらりと部屋が揺らぎます。夢から覚めるときのようなそんな感じがしました。

『あ！　いけない。まだ彼女によい場所を見つけてあげていない』

そう思いながら、目が覚めないようにぐっと肩に力を入れ、がんばりながら、彼女を見ました。

『だいじょうぶ？』

と不安なような心配なような顔で、首をかしげ、こちらを見ています。
「だいじょうぶ、心配しないで。今、素敵な場所、映し出すから」
そう言おうとしながら、それができず、意識がすうっと遠のいていってしまいました。
ふと気がつくと、夜が明けかかった浅黄色の光が、窓から薄く差し込んでいました。
半身起き上がり、しばらくぼんやりとしました。
『あの人はいったい誰だったのだろう』
鳥の声が聞こえてきました。
光がだんだん多くなり、まわりの色が明るくなってきました。

そのとき、音、色、すべてが止まりました。

『あの人は自分自身だったのではないか』


わたしが歩み、過ごしてきた、薄く美しい光の差す、セピア色の世界。

そこには、わたしだけが住んでいて、自分と対話し、心の中で物語を組み立てて遊んでいました。

別にそれでいいと思っていました。

そこにあの人は現れたのです。

あの人やあの子と一緒にいられて、それはとても暖かく、うれしい気持ちでした。

欲していたのかもしれません。温かい心の交わり、ぬくもりを。

心の奥底で、ずっと。

窓を見ると、朝の陽を受けながらキラキラ光るガラスの向こうに、何かがふわりと動いた気がしました。見ると、あの夢の人と男の子でした。

ふとこちらに気づき、振り向いた男の子と目が合いました。

黒い大きな瞳、少し巻き毛のやわらかな髪。

『そんな顔をしていたんだね。やっと会えた』

わたしの世界に初めて入ってきてくれた人たち。

わたしたちは、瞳で微笑み合いました。

二人は手を繋いでいました。

母親が何か男の子に話しかけました。

男の子はそちらの方を向き、うなずきました。
うれしそうです。
そのままどこかへ行こうとしているみたいです。

うん、いいよね。
ガラスの向こう、朝日の方へ向かって、まっすぐに進むといいよ。
たくさん素敵なことが待っているから。
わたしも外へ向かおう。

どこからが本当で、どこまでが夢なのか。
ううん、どこからもどこまでも本当なのだ、きっと。
夢も現実もすべて一つに繋がっている。
だって夢は、その人の心の奥にある、深層心理なのだもの。

いつかまた会えるとよいのにな。
わたしの、夢の中の人。

# 鐘の音の輪っか

わたしは、見晴らしのよい山の上に立っていました。

西の空は茜色に染まり、カラスが鳴きながら飛んでいました。

ふもとの方には、家々が小さく、まばらに建ち並び、煙突からは白い煙。

きっと今頃は、どこの家も夕ご飯の支度で忙しいことでしょう。

田んぼや畑のあぜ道には、黄色や白、紫、ピンクの花々が点々と続いています。

犬を連れて散歩をしている人もいます。

のどかな懐かしい風景が、どこまでも続いています。

目線を、もう少し高く遠くに移すと、わたしの立っているところと同じような、深めのお椀を伏せたみたいな山が、あちらこちらにありました。

まるで、昔話に出てくるような、古い田舎の景色でした。

ふと、向こうの方にある丘を見てみると、頂上に御堂が建っていて、大きな鐘が吊り下がっています。

夕焼けの空をバックに、くっきりと黒く、まるで影絵のようです。

『きれいだなあ』


しばらく見とれていると、風が吹いてきました。

ごぉん…。

ほんの少し鐘が振動し、空気を震わせ、小さな音が鳴りました。

音の振動が、こちらにまで伝わってきます。

さらに風が吹いてきました。

ごおぉぉん。

先ほどよりも、もう少し大きな音です。

すると、鐘の音は震えながら、ぼよーんとしたドーナツ型の、白く揺れる、煙のような輪っかになって現れました。

それが風に乗り、こちらの方に向かって漂ってきます。

でも、音が小さくなるにつれ、輪もだんだん薄く、おぼろになり、消えてしまいました。

少しがっかり。

なおも見ていると、今度は、先ほどよりも、もっと強い風が吹いてきました。

ごおおおぉぉぉぉぉん。

ぼんわりとしたドーナツ型の輪っかが濃く浮き上がり、ぼよよーん、ゆーらり、ゆーらり、こちらの方に漂ってきます。

向こうの山からこちらへ、風に乗って流れてくるのです。

すぐ近く、手が届くくらいまできたところで、ふっと消えてしまいました。

また、がっかり。

向こうの方から、今度はもっと強い風が、雲や飛んでいる鳥や、木々の上の方の葉、そういうまわりのものを揺らしながら吹いてきました。

ごぉぉぉぉぉん。

すると、今までで一番濃い白い綿の輪っかが浮かび上がってきました。

鐘のまわりで、ぼわんとできた音の輪っかは、風に乗って、こちらに流れてきます。

今度は消えなさそうです。だって、とても濃いもの。

わたしは、今度こそと、数メートル前から身構えました。そして、近くまできて、すぐ横をすり抜けようとしたときに、

「今だ！」

と、その輪っかに飛びつきました。

輪はやわらかく、まるで白い綿のような感じでした。

でも、思っていたよりも、ずっとしっかりしていて、ちゃんと手でつかんで、ぶら下がることができました。

輪につかまったまま、風に乗って渡っていくと、そのころには、まわり全部が

夜に向かって、蒼みがかった少し暗めの茜色に染まっていました。

わたしの服も同じ色です。

髪も茜に染まり、頬も茜色。

横に浮かぶ夕日色の雲。

わたしより下の方を、カラスたちが飛んでいます。

もっと下には畑や小さな家々があり、あぜ道には、おじいさんにおぶられた小さな子がいます。


その子はこちらに気がつき、指をさしています。

おじいさんも上を向きました。

でも、わたしのことは見えないみたい。

『子どもにだけ見えるのかな？』

近くにいる犬も、見上げて、ワンワン、吠えています。

動物には、わかるみたいです。

『どうしてなのかな？』

でも、何でもいいやと思いました。

ずっと向こうに広がる、木や川、山々。みんな茜に染まっていきます。

音の輪っかに乗り、空の散歩をしました。


「おもしろいなあ」

頬に夕風がここちよく、上から見た景色は、美しく、どこまでも、どこまでも、続きます。

手でつかんでいる白い綿のドーナツは、やわらかで持ちやすく、

『鐘の音は形になると、こんなふうになるのだ』

ということがわかり、わたしはうれしくて、

『みんなもこんなふうに音を見ることができて、飛び移り、そのまま空中を散歩

したりして、一緒に遊べればよいのにな』

と言いたい気持ちでいっぱいになりながら、空の散歩をしました。

そのうちに、鐘の輪っかが疲れてきたのか、少しずつ小さくなってきたので、わたしは近くに浮かんでいた雲を、手で少しちぎりとって、輪っかにくっつけました。

すると、また、もとの元気なドーナツ型に戻りました。

『よかった』

ほっとするわたし。

やがて田は終わり、林を通り過ぎると、また、田畑が広がりました。その向こうには山。だんだん畑、金色の稲穂。

紅葉に色づく森を過ぎ、秋の花畑、山の間の小さな村々——。

延々と続く、どこまでも、どこまでも。

空はますます静かに燃え、わたしの服は、もっと深く染まります。
やがて暗くなり、星の空になるでしょう。
このまま天の河までいけるかしら。
星をくぐって行けるかしら。
そうしたら休憩して、天の河で遊ぼう。
消えない音の輪っか。
しおれてきても、近くに浮かんでいる雲をくっつければ、また元通りなんだもの。
だから、安心。
どこまでも、どこまでも渡っていこうと思いました。
下の方を飛ぶときは、少し足をついてみよう。
きっと草や花が気持ちよいに違いないもの。

そうしているうちに、少し眠くなってきました。

わたしは、音の輪っかに、よいしょと登り、そのまま、ふわふわとした綿の輪の上で、まるまって横になりました。

落ちないように、ぎゅっとつかまって。

『なんてここちよいのかしら』

と思いながら、そのまま、うとうととしました。

『いけない！　こんなところでうとうとしていたら、落ちてしまう』

そう思って目を覚ましました。

すると、そこは、薄い霧がかかった中でした。

前も後ろも見えません。

ゆっくりと白いもやが流れています。

音がありません。

霧の日はいつもそうです。

危ないので、車も何もかもすべてがストップしてしまうから、音がなくなるのです。


幼いころ、家の中で本を読んでいたのですが、外の音が急になくなり、なぜかしらと出てみると、濃霧でした。

濃い白いもやがゆっくりと流れていました。

少し先も見えません。

空気が、しっとりとしていました。

いつもの街並みのはずなのに、全く違って見える、異なる世界。

「きれいだなあ」

と、ぼうっと立っていると、白いもやは、やがて少しずつ流れていき、また、もとのように晴れていきました。

すると一斉に、車が動き出し、家々の音が聞こえてきました。

あのとき、あの、わずかな時間の、不思議な世界の感覚が、すぐには身体から抜け切らず、しばらくわたしは立ち尽くしていました。


わたしは、白いもやに包まれて、漂っていました。

薄いもやの隙間から、ときどき見える星の空。

「ここはどこなのかしら?」

遠くで鐘の音がします。

わたしを包んでいるもの全体が、振動しました。


『ああ、そうか。ここは音の輪の中なのだ』

音の輪が集まって、こんなに大きくなったのかなと思いました。
手で触れると、薄い綿あめのようです。
それがゆっくりと流れていきます。
わたしも一緒に漂っていきます。
やわらかで気持ちがよいものだと思いました。
『お布団の中みたい』
と思いました。
そのうち、また、だんだん眠くなってきました。
『こんなに大きな輪の布団の中なのだから落ちないよね』
と思いながら、目を閉じました。
そのまま漂いながら、手で音の綿をつかみました。
するとそれは薄く裂けて、のばした綿のような雲のようなものになりました。
そのまま、うとうとと漂いました。

ふと気がつくと、そこは藍色の景色でした。

星が瞬いています。

夜の空を、わたしは漂っているのでした。

何か薄いもの――よく見ると、それは、綿あめを薄く裂いたような、薄い雲のような、光にかざすと、向こう側が透けて見える、そういうもの――に乗って、わたしはゆらゆらと、漂っているのでした。

星がすぐそばを流れていきました。

こうもりや夜行性の鳥が、少し下を飛んでいきます。

上空から、星が瞬きながら流れてきました。

そしてそれは、すーっと、わたしのすぐ近くまできました。

通り過ぎる寸前、その星を指先でつまみとりました。

見ると、つくつくとした形をしています。
『ん？　どこかで見た形だ』
それをパクッと口に入れました。
「やっぱり」
甘く広がる砂糖のお菓子。それは金色のコンペイトウでした。
わたしはにっこりしました。
流れ星はコンペイトウでできているのです。

前方に、高い木が見えてきました。
その先っぽに、星が引っかかっています。
『クリスマスのツリーの上の星は、こんなふうにできたのが最初かもしれない』
と思いました。
そうして夜の散歩を楽しみました。

だけどまた、だんだん眠くなってきました。

『夢の中でも眠たくなるのかな？　これって二重の夢だよね。ううん、もっと何層にも重なっているのかも』

そんなふうに思いながら、んっ、と落ちないように気をつけて、少し伸びをしました。すると、体勢が少し傾いて、乗っている薄い雲のようなものごと、下の方に向かいました。

そのまま、引っ張られるように、下へ下へと向かっていきます。

下の景色を見ると、いつの間にか、自分の家の近くを飛んでいるらしいのでした。

先の方にわたしの家があり、庭の一番高い松の木が見えます。

それに向かって、どんどん引っ張られるように下がっていきます。

木のてっぺんに、何か白い動物のようなものが見えてきました。

近づくにつれて、それがなんだかわかってきました。

「シロウマ！」

それは、以前、夢うつつのまま、気がつくと動物園にいたときのことです。

目の前の柵の中にいる、シマウマのおしりのところに結び目を見つけたものですから、どうしても、もっと近くでよく見て、あの結び目を引っ張ってみたくなったのです。

わたしは、柵の中に入ると、結び目を解き始めました。

するとそれは、くるくるとリボンのようにほどけていき、シマウマは真っ白の馬になりました。

「シロウマ」と名付けたのは、そのときのわたしです。

そのシロウマが、夜の空をむしゃむしゃと食べています。

夜の空は、シロウマの口の中に、ぐ、ぐーっと、引っ張られるように吸い込まれていきます。
わたしの身体も一緒に、するすると引っ張られていきます。
『夢を食べるのは獏だけではないのだ。シロウマもそうだったのだ』
そんなふうに考えながら、そのまま意識が遠のいていきました。

チチチ…。
遠くで鳥の声がします。
陽の光が、閉じた目の向こう側で眩しく光っています。
目を開けると、カーテンの隙間から顔に朝の光が差し込んでいます。
起き上がり、布団から出て、カーテンを開けました。

「あ!」

庭にある背高の松の木のてっぺんに、白いふわふわとした綿のかたまりのようなものが引っかかっていました。

それは、最初、茜色の空のときに乗っていた「鐘の音」の、ふわふわした綿のような輪っかみたいでした。

わたしは、裸足のまま、ガラス戸を開け、靴をはきました。

木のそばまで行くと、木を見上げました。

高いけれど、枝もところどころ出ているし、なんとか上まで登れそうです。

一番下の枝に手をかけ、よじ登りました。

そのまま、上へどんどん登っていき、やがて、てっぺんにつきました。

松の先に、くたんと引っかかっている、ドーナツ型の綿。

それを、破れないように上手に取りました。

そして、肩に乗せ、落とさないように、気をつけて、ゆっくりと木から下りていきました。

「よかった、ちゃんとあって」

わたしはにっこりしました。

下りながら、ふと木の枝の奥のところに、キラッと光るものが引っかかっているのが見えました。

肩の綿のかたまりを落とさないように気をつけながら、もう片方の手で、それを取りました。

するとそれは、つくつくとした形をしていました。

口にひょいっと入れました。

甘く広がる砂糖菓子、コンペイトウでした。

もっとよくよく見ると、木のところどころに金色のものが引っかかっています。

「ふうん、おもしろいの。あとから取りにこようっと」

鳥が葉の奥にいて、つくつくをついばんでいます。

「あ、全部食べないでね。わたしにも残しておいて。お願い。あとから食べに来るのだもの」

そう言うと、鳥は、きょとんとこちらを見て、わかったとでも言うように、目をぱちくりして、一つだけ口にくわえ、飛んでいきました。

「さてと」

わたしは、今はまず、この白いふわふわのかたまりを下に運ばなければ、と思いました。

気をつけて、ようやく地面に下り立つことができました。

白いものは、少しくたんとなって疲れているみたいでした。

『優しく手洗いをして、風の通る場所に干さないと。そうすれば、きっとまた元通りになるもの』

そう思いながら、じっと見つめました。

ふわふわの綿のような、鐘の音の輪っか。

ちゃんとわたしの手の中にあるのです。

そのことが、うれしくて、仕方がありませんでした。つい口元が、ほころんでしまいました。

だって、ずっと、そう思っていたのですから。

小さなころから、心の奥で願っていたのですから。

わたしは、不思議な目にあいたくて、あいたくて、それが、ようやくこうして、こんなふうに出会うことができたのだと、うれしくて、うれしくて、仕方がありませんでした。

# 手品師

それは、真夏の昼下がり、小学校の下校時でのこと。

校門から出たところに、男の子たちが集まっていた。

『なんだろう?』

と見ると、彼らの目の前に、黒いシルクハットに蝶ネクタイ、少しくたびれたスーツ姿の男の人が立っていた。

その人は自分の前にあるテーブルの上に、鍵のついた箱や、見たこともない変わった形の道具を広げて、次から次へと鮮やかな手さばきでそれらを操っている。


『手品師だ!』

わたしは胸が、どきん、とした。

だって、魔法や手品が大好きだったから。

そして、もしかしたら手品師は魔法使いなのではないかしらと、密かに思って、ずっと憧れている。

手品師＝魔法使い、なのだ。

『こんなそばで見られるなんて！』

男の子たちはまわりをとり囲み、炎天下、じりじりと焦げながら見つめている。普段なら、引っ込み思案のわたしも、このときばかりはぐずぐずなんてしていられなかった。

恥ずかしいのも忘れ、「うんっ」と前へ、すぐに加わった。

わくわくどきどきしながら。

手品師は、箱の中にものを入れたかと思うと、次の瞬間、手でくしゃんとつぶす。

ぺしゃんこになった厚紙を、パタパタと折りたたんで小さくし、手のひらで丸めて開くと真っ白な美しい花になる。

トランプを腕に乗せ、立てて山型にし、少し指先で突くと、トランプはさらさらと波になって、すーっと一つにまとまって自分から箱に収まる。

胸ポケットから、白い布を指先でつまみ、すーっと取り出し、さっと上にほうり、手で受け取ると、ステッキになる。

そのステッキの先で、テーブルの上のコップに触れると、不思議な音がして、並べたコップは次々と鳴りだし、美しいメロディーを奏でる。

コップの中の水に波紋ができ、それが虹色に光る。

次に、テーブルの横の端に置いてあるカバン中から、扉のついた箱を取り出した。

開けると、中には何も入っていなくて、向こう側が見える。

もう一度、扉を閉じ、後ろ向きにし、後ろの扉を開けると、細く小さな木彫《きぼ》り人形が立っている。

こちらを向いて、おじきをし、カタカタとゼンマイの人形のような動きで、扉から出てきた。

見ると手にトレーを持っている。小さなティーカップに紅茶が入っているようだ。

それを前にいた男の子に、カタンと差し出した。

男の子は、受け取って飲み、びっくり目で空のカップを返す。

するとそれをまた持って、くるっと向きを変え、扉の方へ帰って行った。

いったん閉めて、また開けると、人形は消えていた。

ステッキをひと振りすると、また、もとの白い布になった。

ふわりと上にあげると、そのまま鳩になって、手品師の肩に留まった。

白い手袋が宙を舞うたびに、何かが起こる。

それはまるで魔法のようで、すぐ近くで見ていても、どんな仕掛けがあるのか、さっぱりわからなかった。

いいえ、仕掛けなんてないのかもしれない。

ただ、あるものと思って見ているだけで。

本当は何が起こっているのか、誰もわからないのかもしれない。


彼は魔法のような手さばきで、次々と不思議を繰り広げていく。

気がつくと、わたしはいつの間にか一番前の場所にいた。

やがて他のみんなは、

「おい、そろそろ遊びに行こうぜ」

と、一人また一人といなくなり、わたしは一人だけになった。


『次は、何かな？』

どきどきしながらじっと見ている。
美しい手の動きで手品師は術をかけている。
やがて、「ふっ」と息を小さく吹くと、箱や布をしまい始めた。
『あれ？　もう終わりなのかな？　もっと見たいな』
そう思っていると、手品師はすっとわたしに片方の手を差し出した。
見ると、ヤクルトが、一本。
「君だけ最後まで見ていてくれたんだね。ありがとう」
わたしは、それを受け取って一気に飲み干した。
冷たくのどを潤していくそれは、まるで魔法の水のようで、とてもおいしかった。

途端にどっと暑かったことを思い出した。

そして、手元に残った空容器を見ながら、

『いったいこのヤクルトはどこにあったのだろう？　どうしてこんなに冷たいのだろう？』

と、不思議に思った。

アイスボックスから出すところなんて見ていないのに。

手品の道具しか、ここには見あたらないのに。

突然、手品師の手の中から現れた冷たいヤクルト。

それは、いったいどこから来たのだろう？

手品師は、まだ突っ立っているわたしの手から、空の容器を受け取ると、どこかにしまった。たぶん、ゴミ袋か何かに入れたのだと思う。

でも、そのことはよくわからなかった。

なぜなら空の容器も、手品師の手の中で、ふっと消えたような感じがしたから。ヤクルトが出てきたときと同じように、空の容器を捨てるときもまた、消してしまったのだ、きっと。

魔法のように。

次の日、

『今日もいるかな?』

と、期待して校門を出たけれど、

『いない……』

そういえば、あのとき、先生方がやってこられて、

「ここで手品の実演をしないでください」

と言っていたような気がする。

『そんなふうに言わなくてもよいのにな。また見たいのに』


次の日も、そのまた次の日も。

しばらく期待して校門を出て、少し離れた電信柱の向こう側や、塀を曲がったところにある奥まった場所も、あちこち見たのだけれど、どこにもいない。

不思議なことが起こりそうな町外れの一軒家にも行ってみた。

家に帰ってから、散歩のときや、母にお使いを頼まれたときに、いつもと少し違う道や、細く入り組んだ路地裏に、まるでおもちゃを積んだみたいな変わった形の家があったりすると、

『こういうところに住んでいるのかもしれない』

と表札を見るが、「手品師」なんて書いてあるはずもない。


その日は、霧のような雨が降っていた。

散歩と手品師を探すのと両方の目的で、わたしは家を出た。

町全体が薄く蒼みがかっていて、細かい水の粒の中を、わたしは、いつもと違う方向に、歩いてみた。

閑静な住宅街。人が外に出ていなくて、静かなたたずまいの中に、さらに細い路地があった。そこを進んでいくと、細く古い木の塀があり、塀の間から、紅い小さな、サクランボのような木の実がポロポロと出ていて、とてもかわいらしかった。

塀の切れ間の奥に細い石の道があり、その突き当たりに玄関があって、手前に薄紫色の薔薇が咲いていていた。

霧の雨にしっとり濡れながら、静かに咲いていていた。

『なんてきれいなのかしら』

こんな色の薔薇、初めて見た、としばらく見惚れていていた。

そしてふと、

『もしかしたら、こういうところに手品師が住んでいるのかもしれない』

と思って、しばらく見ていた。

『もう一度、晴れているときにここに見に来てみよう。薔薇と、手品師にも会えるかもしれない』

そう思っているときだった。

「あれ？　へんだなあ。ここにこんな道、あったっけ？　それにしてもこのあたりに、確かあったはずなのだが」

ぶつぶつと後ろで声がするので、振り向いてみると、郵便配達の人がいて、首をかしげている。

届けるべき家が見つからないみたいだ。

へんな道に迷い込んでしまったのか。ハガキを手にしたまま、キョロキョロしている。

『そうだ。わたしも初めてなのだった、この道は。ここ、どこかしら？』

と思いながら、見ていた。

配達の人は諦めて、またもとの通りまで戻って行き、そこから配達するべき家を探しに行った。

わたしは、そのままもう少し、細く入り組んだ路地や、行ったことのない場所を探したのだけれど、なかなか情報は得られなかった。

それに、なんとなく、そのままそのあたりにいると、迷子になりそうで、

『惹きこまれて、帰れなくなった話が、何かの本に書いてあったのではなかったかしら』

ふと、そんな考えが頭に浮かんで、まだ帰り道がわかるうちに、家に帰ることにした。

家に着いてからも、あの薄紫色の、ぽうっと輝く不思議な薔薇や、絵のように美しい、そのときの光景が頭から離れなかった。

『明日、もう一度、行ってみよう。もっと長い間、見ていよう』

そう思いながら、その日は、宿題も夕ご飯のときも、何をしていても、うわの空で、ぼうっとして一日過ごした。


次の日は、晴れていた。

休みの日だったので、もう一度、昨日のところに行ってみた。

『細い路地。ここを曲がって行ったところ。あれ？　ない。どうしてかな？　こちらだったと思うのだけど。右だったかしら？　……ない』

どんなに探しても、同じところをくるくる回っている感じで、あの場所に辿り着くことはできなかった。

結局、あの美しい薔薇に出会ったのは、あの霧の雨の日一日だけ。

手品師が住んでいるらしき場所もわからないままだった。

『あの人はどこへ行ってしまったのだろう。そしてどこから来たのだろうか。また来るといいなあ。すぐ目の前で手品を見せてほしいなあ。そういえば、どんな顔をしていたかしら？　思い出せない。あの薔薇も美しかったなあ』

シルクハットと少しくたびれた服、美しい手の動き。
でも、どうしても顔が思い出せない。
あんなに近くで見たはずなのに。
微笑みかけてくれたのに。
まるで魔法のように、冷たくおいしいヤクルトをくれたのに。

『いったいどういうことなのだろう？』

手品師のことだけでなく、わからないことがもう一つ、増えてしまった。

薔薇の場所。

『どうすればあそこに行くことができるのかしら?』

だけど、そのことは、日が経つにつれ、だんだんと忘れてしまった。

ある夜、布団の上で、ふとそのときのことを思い出し、

『もう来ないのかなあ』

そう思っていた。

入り組んだ細い路地。美しい薔薇の場所の向こうから、手品師が、ふうっと現れて、こちらに向かってくる。

白い手袋の手には、変わった道具を持って。

そんな情景が、心に浮かんだ。

『だったらよいのにな』

蒸し暑い夜だったけれど、シーツは洗い立てで、さらさらでひんやりここちよく、ときおり吹く風が庭の草を鳴らし、外では虫が鳴いていた。

『また来るといいなあ』

さわさわと草をさわる風の音を聞きながら、わたしは目を閉じた。

ふと、まぶたの向こうで、ぽうっと灯りがともったような気がしたので、目を開けると、ふすまの向こう側が少し明るくなり、光がもれてくる。

『なんだろう』

と、そちらの方に身体の向きを変え、ガーゼケットをめくり、半身起き上がった。

ふすまの向こうは細い木の廊下になっていて、その向こうに中庭があるのだけれど、今は夜。

外は月明かりのみのはず。こんなに明るいはずがない。

立って、そちらの方に行こうとすると、足に畳のひんやりした感触がここちよかった。

パジャマのまま歩いて行き、ふすまに手をかけ、静かに開けてみる。

すると、

目の前に広がる草原。

どこまでも、どこまでも続く青い原っぱは、さらさらと音を立て、風で揺れている。

リーン、リーン、虫が鳴いている。

あたりは、蒼インクを水に少しだけ落として広げたような、昼なのだか夜なのだかわからない、ぼんやりとにじんだ薄い蒼の不思議な世界。

空は満月。

草原のところどころに黄色い花が咲いていて、それらがぽうっと灯りをともしたように光っている。

そのずっと向こうの方にある森から、鳥や動物の鳴き声がする。

そこへ続く道には、白い石がてんてんと続いていて、それらが月に照らされて、灯りのようになっている。

まるで「こちらへおいで」と誘っているみたいだ。

わたしは一歩、草の中へ足を踏み出した。

両方の足を草原について、立つ。

すると、後ろ手にあったはずのふすまは、すーっと消え、さらさらと揺れる草原の中に、わたしは一人、裸足で立っていた。


ザーッと音を立て、風が渡っていく。

わたしの髪やパジャマをはためかせながら。

どこまでも続く青い原っぱのずっと向こうに、こんもりした森がある。

奥の方から、なんだかざわざわとして、何かがいる気配がする。

『あの森に、何かがある。始まる』

そんな感じがして、わたしも見ようと進んでいった。

足に当たる草がひんやりとここちよい。

ところどころ、ぽうっと灯りのように白い花が咲いているので、足元も危なくない。

草原では虫が鳴いている。それは、美しい音色だった。

薄く蒼い景色に不思議なコンサート。

ここちよく、うっとりと聴きながら、しばらく草原を歩いていくと、前の方に木の立て札があった。

「ここが森の入り口」

奥は深く、こんもりしている。

立て札を通り過ぎ、さらにしばらく進んで行くと、

「手品師による催しものはこちら」

奥へ奥へと続く木の矢印。足元にはホタルの黄色い光が、こちら、こちら、と道案内をしてくれている。

わたしはそれにしたがって、どんどん奥へと進んでいった。

ふと現れた蜘蛛の糸。

それは月明かりに照らされて銀色に輝き、とても美しい。

壊さないようにそっと横をすり抜けて、なおも進む。

木の洞には小さな動物たちがまるまって眠っている。

ほうっ、ほうっ。ときどきフクロウの声が聞こえる。

ガサッと音がしたので振り向くと、何かが飛び立っていった。夜行性の鳥のようだ。

草や木をよけて、どんどん進んでいく。

木からもれる月の明かりが照らす先に、小さなキノコが色とりどりに生えている。椅子とテーブルみたいな配置で、まるで森の小さな生き物たちの家具のようだ。

歩いていくと木々が影絵の映画のようにゆっくりと動き、とても美しい。
ところどころから見える満月。
星は、木の枝に生っているようにキラキラ光る。

「きれい」

そんなふうに進んでいくと、目の前に、ぽっかり開けた丸い小さな原っぱに出た。
その真ん中にテーブルが一つ、トンと置いてある。
いつかの、手品師の使っていた、少しボロのものとよく似ている。
まだ誰も来ていない。
わたし一人が、ぽつんとそれを見つめている。
テーブルの近くまで行くと、風がどっと吹いてきた。

まず、木々の上の方の葉をさーっと音を立てて揺らし、順に下りてきて、わたしの髪のあたりでくるりと回ると、足元の草原が波のようにざーっと広がった。

『気持ちがいいなあ』

夏なのに暑くない。
足元をさらわれないように、足の指に力を入れて立つ。
草の波に見とれていた。
ふと、思い出したので、前のテーブルを見た。

「あ！」

いつの間にか、そこには、あの手品師が来ていた。

そしてわたしのまわりには、鳥やウサギ、イノシシ、クマ、リス、ブタ、タヌキなど、さまざまな動物や虫たちが集まっていた。

ざわざわざわ、みんな、どきどきしながら待っている。

一瞬、しん、と音が止まった。

『始まる！』

手品師は、小さく咳払いをし、こちらを向いた。

そして、白い手袋が、コンサートの指揮者のように、美しく宙を舞う。

あのとき、学校で見たのよりも、もっともっと不思議なことが繰り広げられた。

小さな小さな箱から出てきたのは、ハツカネズミ。

チョッキを着て、すました顔で、くんくんと鼻を動かしながら二本の足で立ち、頭に乗っていたぶかぶかのシルクハットを、小さな手で取ってお辞儀をした。

『かわいい！』


みんなが拍手をした。

わたしもした。

手品師は、ハツカネズミを胸ポケットに入れた。

指先で軽くなでると、ふわふわにまるまって布になった。

それを優しくつまみ、するすると出していく。

最初は薄い茶色、次に水色、薄紫、ピンク。やわらかく美しい布が、何枚にも繋がってするすると出てきた。

そして、ふわっと空にほうり上げる。

すると、それは森の奥へとかかる七色の虹になった。

テーブルに置いてあった白い袋を広げると、中から薄い紫色の大輪の薔薇が現れた。

『あ！　あのときの薔薇！』

それは、露をつけて美しく透けるような薄紫色に輝いていた。

手品師は、優しく指の先で持つと、テーブルの上のコップに花を傾け、中から蜜を注ぎ入れた。

「どうぞ」

受け取って飲んでみると、ヤクルトの味がした。

『あ、蜜じゃないや。少し花の香りのするヤクルトだ』

と、思ったけれど黙っていた。

ハンカチの蝶の模様は全部舞い、あとに残ったのは真っ白な布。

それを上にふわっとほうると、翼を広げた白い鳥になり、優雅にゆったりと空へ飛んでいった。

テーブルの上に置いてある空っぽの箱を開けると、中から、大きな足がにゅーっと出てきた。

『なんだろう。あんな窮屈な箱から。象みたいだけど、まさか』

にゅにゅーっと頭が出てきたと思ったら、大きな耳をほわんと揺らしながら広げ、鼻をぐーっと伸ばした。

やはり象だ。

『あんな箱から、どうやって出るのかしら』

と思いながら見ていると、なんのことはない、いとも簡単に自然に、するんと胴体が出てきて、どんっと、テーブルを下りて、立った。

「パオー」

長い鼻を持ち上げると、ひと声鳴いて、プルンと頭を回し、ゆっさゆっさと地面を揺らしながら、そのままどこかに歩いていってしまった。

次は黒い頭とまんまる目をぴょこんとのぞかせた、ペンギンだ。

短い手羽を箱の縁にかけて、よいしょと足を上げ、ぴょいっと飛び出した。

テーブルからぴょんっと下りると、こちらの方によたよたとやってきた。

わたしの前にいた子ブタがかぶっている帽子に、魚の模様を見つけると、口で上手に、子ブタが痛くないようにつついた。

魚の模様がピチピチと跳ね、帽子から飛び出した。

それを口でパクッとくわえ、飲み込んだ。

「わあっ、すごいや」

ブーブーと子ブタが、そう言っているみたいだった。

ペンギンが顔を上げたとき、わたしと目が合った。

『絵を食べた！』

と驚いているわたしに、

『どうってことないよ。こんなの簡単なのさ。へへん』

とウインクをし、得意そうな顔で、そのままくるっと向きを変え、向こうの方へよたよたと歩いていってしまった。


ここで手品師は、少しかがんで、テーブルにかけてある白い布を持ち上げ、中から四角いものを手で持ち、上に置いた。

テレビだ。古くボロく、小型でアンテナがついている。

ずっと前に祖母の部屋に置いてあったものと、同じ形だ。

テーブルのすぐそばには、小さなウサギやリスやタヌキの子たちが、

『今度は何かな？』

わくわくドキドキしながら見ている。

わたしは、そのすぐ後ろに張りついて見ている。

手品師はにっこり微笑んで、こちらに向けたテレビのスイッチを入れた。

すぐに、ザーとブツブツしたノイズが入り、チャンネルを変えると、おやつのコマーシャルが映った。

手品師は後ろからのぞき込むようにし、手を伸ばした。

すると、すーっと画面が水面のようにトロリと揺らぎ、その中に手が入っていった。

そして、映像に映っているチョコレートクリームのかかったミニケーキを、お盆ごと取って、画面の外に持ち出した。

映像に映っている女の人は、突然、前から手が現れて、自分の持っていたケー

キがお盆ごと消えてしまったので、びっくりしている。
『わたしもやってみたいな』
そう思った。
目の前に突然現れたチョコレートクリームのミニカップケーキ。
まんまる目の小さな動物たち。
手品師が、にっこり笑って、
「どうぞ」
と差し出すと、一斉に手を出して、パクッ、パクッと、みんな一口で食べた。
うれしそうな顔ばかり。

次に、チャンネルを変えると、今度は、少し大きい子向けのお菓子のコマーシャルをやっていた。
クルミの入ったナッツバーや、干しフルーツのマフィンだ。

それを、また取り出し、今度は少し大きな子たちや、大人、もちろんわたしにも配ってくれた。

わたしもすぐに食べた。

ナッツは香ばしく、キャラメルがかかっていて、口の中で甘くとろけ、広がる。初めて食べるお菓子なのに、どこか懐かしい。そんな優しい甘さで、とてもおいしかった。

次に手品師は、テーブルの横を向いた。するとそこには、白い水仙の花が咲いていた。

何本か咲いていているうちの一本を、手で抜き取ると、それをくるくるくると回した。

回しているうちに、水仙は日傘になった。きれいな水仙の花模様の傘だ。

それを、前の方で見ていたアヒルのお母さんに渡した。

アヒルのお母さんは、うれしそうにそれを受け取って、があがあと鳴いた。

「ちょうど欲しかったの」

と、言っているみたいだった。

アヒルの子どもが、少し寒いのか、ぶるっと震えた。

手品師は、すぐ横に生えていた大きな葉を一枚取り、ふわふわと空中を泳がせるようにした。

すると、葉は、薄いグリーンの羽織りものになった。

それをアヒルの子どもに羽織らせてあげた。

アヒルの子どもは、うれしそうにガアガア、とお礼を言った。


ふっと、目の前に出してくれる。

それは、その人が望んでいるものなのだ。

まるで魔法のようで、前から思っていた、『手品師の中には本当の魔法使いがいるに違いない』という考えは、やはり正しいことなのだと思った。


薄い夜の霧が出てきた。

手品師は、すぐ近くにあった草を一本取り、くるくるくると霧をからめとった。

するとそれは綿菓子になった。

クマの子どもに渡すと、うれしそうに食べ始めた。


次から次へと繰り広げられる、見たこともない手品の魔法。

手品師は、少し手を止め、「ふっ」と息を吹くと、優しい顔でこちらを見た。

「また、最後まで見てくれたんだね。ありがとう」

そういえば、気がつくとあたりには誰もいなくなっていた。

みんな帰ってしまったらしい。

どうしたのかな。
眠たくなったのかしら。
『こんなにおもしろいのに、最後まで見ればいいのにな』

手品師は、胸のポケットに挿してある紅い実を取った。
小さなサクランボのようなかわいい形をしている。
あの家の塀の間から顔をのぞかせていたのと、そっくりだった。
夜露がついていて、とても美しく、キラキラと光っていた。
『やっぱり、あの細い路地の、不思議な場所は、手品師の住処だったのだ』
そう思いながら、
『きれいだなあ』
と見とれていると、手品師は紅い実を両の手の中で丸めて、くるくるくると転がした。

手を静かに開くと、露は透明のビー玉になり、その中で紅い実が生っていた。茎は緑色のゴムになった。

「わあ！　髪飾り！」

それを、こちらに差し出す。

「また、おいで」

わたしはうなずき、受け取った。

そういえば、寝起きのぼさぼさの髪だったのを思い出し、すぐに髪を結った。

その途端、なんだか少し眠たくなってきた。

『ああ、そうだ。わたしもそろそろ帰らないと』

そう思いながら、手品師を見ると、白と紺の細いしま模様の服の白の部分が、裾の方からくるくるくるくるとリボンのようにほどけてきて、それがだんだんと上の方へいき、首までほどけて、紺一色だけになった。

まわりの紺色に溶け込んで、まるで顔が浮いているみたいだ。

なおも見ていると、その顔はいつの間にか、微笑んだまま木彫りのお面のようになって動かなくなった。

そしてそれは、気がつくと、後ろの木にかかっている。

あいかわらずお面の顔は微笑んだままだ。


『ああ、そうか、お面の人だったのね』

そうわかった瞬間、地面がグラッと揺れた。

『あ、やだ、また終わってしまう、もう少し、もう少し、見ていたいのに』

がんばったけれど、意識が遠のいていった。

気がつくと、わたしはもとの自分の部屋にいた。

窓の外は、まだ薄い青。夜明け少し前だ。

ぼうっとしながら、薄明かりの中で、わたしは部屋の柱を見た。

「あ！」

そこにかかっていたのは木彫りのお面。それが微笑んでいる。

『ああ、そうだったのだ。あなたはそこにいたのね。だから、どこにもいなかったのね。だって、最初からずっとここにいたのだもの』

わたしが微笑み返すと、お面は「ふっ」と笑ったみたいな気がした。

そしてわたしの髪には、夜露のビー玉の、手品師のくれた、あの、サクランボに似た実の、紅い髪飾りがあった。

**著者プロフィール**

**高科 幸子**（たかしな ゆきこ）

愛知県出身・在住　O型　やぎ座　家族４人。
好きなもの・こと：自然なもの、不思議な自然現象、ものごとの観察、創意工夫、美術全般、民族音楽鑑賞、鉱物・化石、変わったもの集め
〈著書〉『風の吹く日に』（2010年１月、東京図書出版会）
『遠い日の詩《うた》』（2011年10月、文芸社）
『本当に大切なのは愛すること』（2013年８月、日本文学館）
『絵のない大人の絵本』（2014年６月、日本文学館）

**真昼の夢・青いネモフィラ**

---

2015年12月15日　初版第１刷発行

著　者　高科 幸子
発行者　瓜谷 綱延
発行所　株式会社文芸社
〒160-0022　東京都新宿区新宿１－10－１
電話　03-5369-3060（編集）
03-5369-2299（販売）

印刷所　広研印刷株式会社

---



ISBN978-4-286-16744-2